Un Niño, un Presupuesto, y un Sueño

por **JASMINE PAUL**

Ilustrado por **JOSÉ NIETO**

Traducido por **NATALIA SEPÚLVEDA**

Brought to you by: Wisconsin Bankers FOUNDATION wisbankfoundation.org

Número de la Biblioteca del Congreso: 2021903090

Ilustraciones por José Nieto
Diseño de la portada y el libro por Praise Saflor

Publisher's Cataloging-in-Publication Data

Names: Paul, Jasmine A., author. | Nieto, Jose, illustrator. | Sepúlveda, Natalia, translator
Title: Un niño, un presupuesto y un sueño / por Jasmine Paul ; ilustrado por José Nieto ; traducido por Natalia Sepúlveda.
Description: San Antonio, TX: CreateFinStew LLC, 2021. | Summary: Joey hasn't saved enough money to pay for something he's been dreaming about. Now his only option is to ask his sister for help.
Identifiers: LCCN: 2021903090 | ISBN: 978-1-7367335-0-9 (Hardcover) | 978-1-7334538-9-9 (pbk.)
Subjects: LCSH Siblings--Juvenile fiction. | Brothers and sisters--Juvenile fiction. | Children--Finance, Personal--Juvenile fiction. | Money--Juvenile fiction. | Saving and investment--Juvenile fiction. | African Americans--Juvenile fiction. | Spanish language materials. | CYAC Siblings--Fiction. | Brothers and sisters--Fiction. | Children--Finance, Personal--Fiction. | Money--Fiction. | Saving and investment--Fiction. | African Americans--Fiction. | BISAC JUVENILE FICTION / Concepts / Money | JUVENILE FICTION / Family / Siblings | JUVENILE FICTION / Social Themes / Values & Virtues
Classification: LCC PZ7.1.P377218 Nin 2021 | DDC [E]--dc23

Para mis hermanos, mis padres, familia, amigos y lectores. ¡Juntos podemos hacer que el mundo sea un lugar más sano financieramente!

- JP

—Joey...
Joey...
¿Hola?
—dijo Kass.

—¿Quién yo?
—preguntó Joey
voleándose
hacia su hermana.

—Eres tan soñador —dijo Kass mirando a la pantalla de su computadora y se ríe. Su cuenta de ahorros está creciendo y la hace sentir muy feliz.

—¡Otros 5 dólares! ¡Chi-ching!

Kass ahorra el dinero que sus padres le dan cada semana. ¡Pero Joey gasta casi todo su dinero! El papá se da cuenta de que el total de Kass está aumentando, pero el de Joey no tanto.

Joey está ocupado soñando sobre el videojuego que se quiere comprar.

—¡Vamos a ver! Mamá y papá nos dan 5 dólares cada semana. Después ellos añaden un bono de 10 dólares por cada 4 semanas que hacemos nuestros quehaceres de la casa. Por lo tanto, si no gasto todo mi dinero, eso quiere decir que tendré 30 dólares en mi cuenta. ¡Guau! ¡Puedo comprar el próximo juego de Dino Rumble, un nuevo póster, esa camisa nítida que vi en la internet y podré registrarme en el Campamento de STEM! —dijo él.

Kass le pasa por el lado con su nueva JazzCam Cámara Instantánea y le toma otra foto a Joey. ¡Clic! La foto sale instantáneamente de la cámara.

—Kass ¿cómo conseguiste esa cámara? —le preguntó Joey.

—Guardé mi dinero, hice un plan y gané suficiente dinero. ¡Y después mamá me llevó a comprarla! —dijo Kass.

—Necesito esa cámara —gime Joey.

—¿Con qué dinero? ¿Has chequeado tu cuenta hoy?
Con tu hábito de compras, tendrás que ahorrar tu dinero
por años y vender todo lo que tienes en tu cuarto antes de
poder comprar esta cámara —dijo Kass.

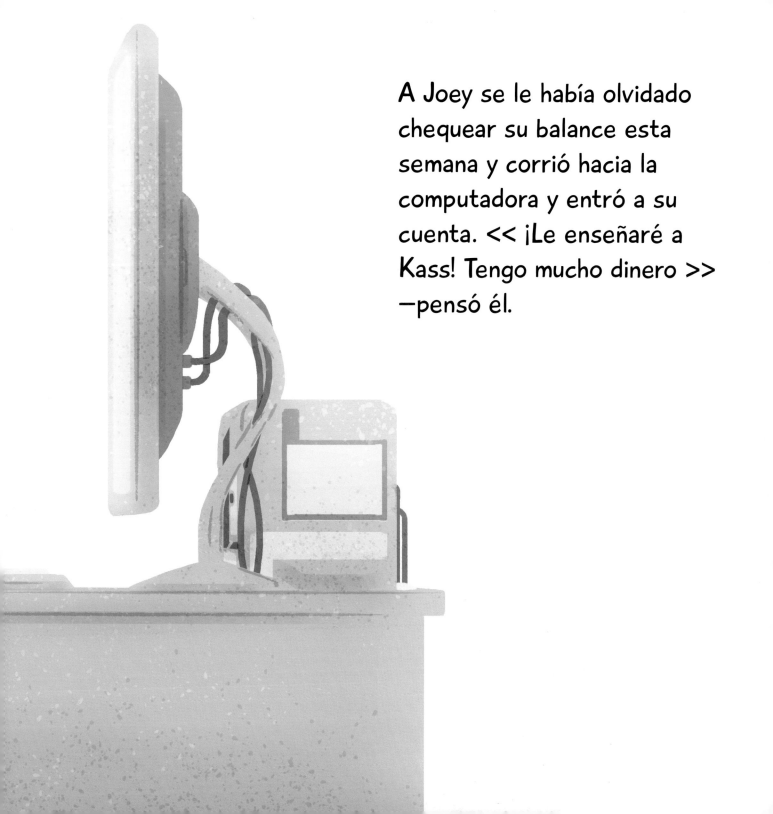

A Joey se le había olvidado chequear su balance esta semana y corrió hacia la computadora y entró a su cuenta. << ¡Le enseñaré a Kass! Tengo mucho dinero >> —pensó él.

Joey miró su cuenta y tristemente observó que tiene un balance de... solo 12 dólares.

¡Glup!

La cuenta de J

Cuenta Cargos	Cantidad
...ebrero Semana #1	$5
...ebrero Semana #2	$5
...óster	-$8
...arzo Semana #2	$5
...arzo Semana #3	$5
	$12

—¡Pues eso no es suficiente! ¡Kass yo no tengo suficiente dinero para nada, ni la cámara, el videojuego o el Campamento de STEM! ¡Yo de verdad quería ir al Campamento de STEM! ¡Todos mis amigos estarán allí! —dijo Joey quejándose.

—¡Ayayay...hermanito! Mira tu cuarto.
Ahí fue todo tu dinero. Parece que
compras todo lo que ves —dijo Kass.
¡CLIC!

—El ahorrar no fluye con mi imaginación o
creatividad —murmuró Joey.

—¿Y el Campamento de STEM fluye con tu creatividad? —preguntó Kass. Joey piensa sobre el Campamento de STEM y comienza a preocuparse.

—¡Imagínate en el campamento de STEM, construyendo una torre de bloques de 12 pies de alto o un robot de control remoto o un volcán con una gran erupción! ¿Tu imaginación es suficientemente grande para eso? No necesitas una cámara. ¡Tienes que soñar lo que TÚ quieres, ahorrar tu dinero, hacer un plan y mantenerlo! ¡Eso se llama hacer un presupuesto! —dijo Kass.

—Nunca pensé de esa manera.
Entonces, ¿puedo ahorrar al ser
creativo y mantener un presupuesto?
—preguntó Joey.

—¡Absolutamente y pronto podrás tener una cámara, un videojuego, ir al Campamento de STEM o cualquier cosa!

Pues Joey, ¿Qué es más importante —el videojuego ahora o el Campamento de STEM este verano? —preguntó Kass mientras le toma otra foto. ¡CLIC!

—¡Definitivamente
el Campamento de STEM!
Kass, no me gusta decir esto,
pero necesito tu ayuda
—dice Joey.

—Está bien. Por las tareas de la casa recibes 5 dólares a la semana. Eso suma a 20 dólares cada mes. Si no gastas tu dinero, mamá y papá te darán un bono de 10 dólares. Puedes ganarte hasta 30 dólares al mes.

¡Eso es como 360 dólares al año! Entonces, en vez de comprar videojuegos, porque no exploras tus sueños y guardas dinero para las cosas que realmente quieres— como el Campamento de STEM, bloques nuevos, o una JazzCam Cámara Instantánea como la mía. ¡Pero obvio, no la mía! —dice Kass.

Joey no tiene que pensar mucho antes de exclamar —¡Oh guau! ¡Eso sería mucho dinero! Si trabajo y guardo mi dinero, entonces tendré suficiente dinero para pagar la registración del Campamento de STEM. Oye Kass, yo no quiero tu camarita —dijo Joey.

—Joey cuál es tu plan para hacer un presupuesto? —preguntó Kass mientras mira su cuarto y ve tantos juegos, pósteres, camisas de colores brillantes y varios juguetes.

—Bueno, tengo que crear una meta de ahorros para las cosas que realmente quiero. Tal vez no necesito todo. Papá me puede ayudar a vender algunas cosas para pagar por la registración del campamento más rápido —respondió Joey.

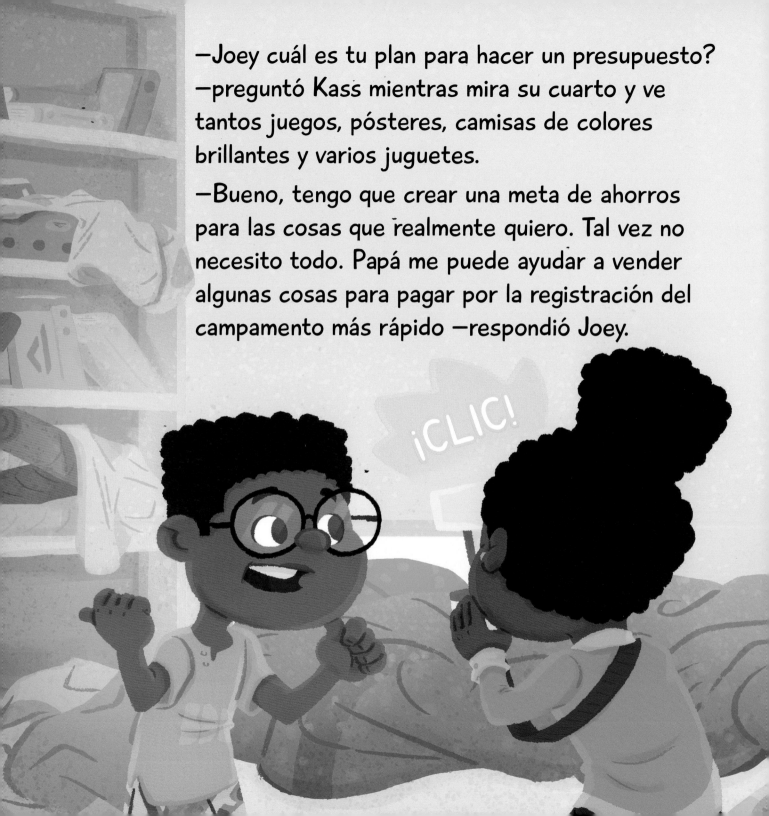

PRIMER DÍA

STEMCAMP

$60

$40

$20

RECOGER el CUARTO

LIMPIAR (¡HAY TANTO POLVO!)

Joey comienza a trabajar fuerte cada semana, completando sus tareas en la casa y luchando con el deseo de comprar cosas nuevas.

Su papá lo ayuda a vender algunos de sus juguetes y pósteres en una venta de garaje en su vecindario.

$10
$10
$10

$60

¡En dos meses, Joey ahorró suficiente dinero para el Campamento de STEM! Sus amigos y el van en camino para el campamento y él está muy orgulloso de su logro...

...y su cuarto nunca había estado tan limpio.